LAST LOVE

ラストラブ

高塚雅裕

Masahiro Takatsuka

文芸社

◆目次◆

LAST LOVE【第一部】

LAST LOVE【第一部】

人は皆、想い出に浸る瞬間がある。
それは、遠い過去の忘れられない出来事が今も心に宿っているからだ。

一　癒される瞬間……

今日は、私の息子の結婚式だった。いつの間にか大きくなって私の妻よりも素敵な嫁さんをもらった。生意気にも。

息子がここまで来るまでには、息子以上に私にはいろいろな出来事があった。だから息子と新婦の麻美さんの晴れ姿を見た瞬間、涙が止まらなかった。なぜなら、私の息子がまだ生まれる前に付き合っていた麻里という女性を思い出させてくれたからだ。その昔いろいろありすぎたと、二人を見て実感した。

自己紹介が遅れたが、私は今五十七歳、ある物流会社の部長である。毎日、家と会社の往復で、休みの日には家でゴロゴロしているしがないサラリーマンである。そんな私には、言うことをろくに聞かない社会人の息子がいる。早く結婚して家を出て行ってもらいたいと思っていた頃が今となれば懐かしい。

妻とは、息子が十七歳の時に互いの考えを尊重して離婚した。現代ではよくある話である。

息子は、隼人《はやと》と言い、コンピューター会社に勤務していて帰りがいつも遅く、顔を合わすのは休みの日ぐらいだったと思う。息子が社会に出るまでは、私も家に早く帰る努力をしていた。しかし、息子が社会に出てからは正直ホッとしていた。子供を育てる難しさを妻がいなくなって改めて実感したからだ。

そのため、ここ数年は、昔の仲間と居酒屋で仕事の愚痴を言ったりして一杯やって帰宅することが多い。

その半面、息子はよく家に彼女を連れてくるようになった。私は息子の彼女を初めて見た時、初めて会った気がしなかった。あいさつすらしたことはないが、なぜか懐かしさを感じ、遠い過去に置き去りにしていた何かに触れた気がした。

そんな息子と息子の彼女がいつしか結婚するなんて、数年前はまったく思わなかったのに。

この物語はここから始まる。結婚式に出席したあと、聡と今、私は飲みなおしている。

「結婚するまで何度も息子が彼女を家に連れてきたんだよ」

「別に普通ではないか、そんなこと」

「そうなんだけどな、息子の彼女と初めて会った気がしなかったんだ」

「お前、スナックとかパブで前に会った女じゃないの」

聡には、事情を言いたくても言えない。新婦の麻美さんが麻里の娘なんて事は。この事は私の胸にだけ留めて置こうと、事実を知った時に心に決めていた。だから自分で話を振ったがごまかした。

「やっぱり、心当たりがないよ。でもその女の子を見ると癒されるんだよなぁ」

聡は、私をおちょくった。

「やばいな、もう老化の始まりだぞ。どう考えたってその子と接点があるわけないだろ」

「そうなんだけど」

「お前、援助交際でもしただろ、正直に言ってみろ」

「そんな事この歳になってする筈がないだろ」

聡は、私の顔を見つめた。

「何だよ」

紹介は遅れたが、今一緒に飲んでいる聡は、高校時代からずっと友達である。彼は、四十歳の頃に自分で事業を起こしてようやく成功を収めつつある小さな会社の社長だ。しかし、相変わらず女には縁のない男で、未だ独身でいる天然記念物と言ってもいい。他の友達からも結婚できるわけがないと昔から言われていたので別に我々仲間は驚きもしないが。

「お前、ビールでいいか」

「そうだな」

「オヤッサン、生ビール二つお願い」

私は、冷奴をつまみながら息子の彼女の顔を思い出していた。

そんな時、聡がこんな話を持ちだした。

「そう言えば、家に同窓会の通知来てなかったか」

「あ、来たな。で、どうするお前」

「俺は行くよ。ここで行っておかないと、今度顔を合わす時は葬式になるかもしれないからな。もうあんな事は嫌だから」

「そうだな、俺も行くよ」

あんな事とは、このあとの話に出てくる、私の彼女だった女性、麻里のことだった。

「みんな元気でいてくれればいいけどな」

二人は、この時だけ切なさを噛み締めながらビールを飲み干した。

二　同窓会

今日は同窓会。朝から部屋でそわそわしていた。そしてどんなネクタイをしていくか選んでいた。しかし、たくさんのネクタイの中からあるネクタイを手にした。この日はどうしてもこのネクタイをしめなければいけない理由があった。それはそうである。私が今、衿に結んだネクタイは、その昔大切な女性であった麻里にもらったネクタイだった。もう麻里はいないけど、本来生きていれば麻里もこの会に出席していたはずだから。麻里と一緒に同窓会に行こうと思った。

前回、仲間と会ったのは和弘とさきの結婚式以来だから、もう三十年以上前である。その結婚式の二次会がほぼ同窓会だったので、ほんとに会っていない奴らにはそれくらいになる。そして、私は家を出て会社に向かった。通勤電車の中で、私はワクワクしていた。まるで子供が遠足に行くような気持ちだった。

「桂木君、今日はさくら酒造に行ってから、そのまま直帰するから何かあったら携帯に電話してくれ」

「かしこまりました」

ちなみに会社での私は、部下の意見を聞いて行動に移す感じのいいお父さん的存在だと思う。午後三時ぐらいに会社を出た。取引先であるさくら酒造の配送金額の見直しの件で、料金の見積りを再提出する事が目的だった。さくら酒造の専務にお会いした時、こう言われた。

「かっこいいネクタイしているね」

「今晩同窓会があるので、昔同級生にもらったネクタイをしめてみたんです」

「部長、青春だね」

と、笑われた。先程も述べたが、でもどうしても私はこのネクタイを今日はしめて会場に行きたかった。そして同窓会の会場に向かった。会場に着いたのは、午後七時ぐらいだった。

「おっ、久し振りだな」

声を掛けてきたのは、さっき名前が出た和弘だった。和弘は、同級生のさきをお嫁さんにもらった男で、聡と同様、心を打ち明けることのできる男だ。

「おい、嫁さんはどうした」

「今日は来ないんだ」

「どうして」

「さきのお父さんの調子が悪いんだ」

「残念だな。お前来て大丈夫なのか」

「大丈夫だよ」

そんな時、石垣が声を掛けてきた。

「よっ、元気だったか」

石垣とは、昔よく野球をやった間柄だった。久し振りに会った石垣は、学生でもないのに茶髪に染めていた。

「お前、その頭どうした」

「別に意味はない、似合うだろ」

確かに似合ってはいるが、この歳で今さらと思ってしまう。

「とにかく積もる話はテーブルに着いてから。早く入ろうぜ」

「そうだな」

三人は会場の中に入った。予想していた出来事が案の定、目の前に現れた。それは聡だった。既に聡はマイクを握って、同窓会の司会というか、仕切り始めていた。三人は、顔を見合わせた。

「あいつは、絶対昨日から仕込んでいたぞ」

会場には、誰だか解らない奴や、完全に団地の叔母さんになってしまった女子達、そして担任の先生までいた。昔からクラスの中でも仲が良かった連中とテーブルを陣取って、昔の話題で大いに盛り上がっていた。そして現在の心境を語ったりしていた。

「鎌田は、どうしてる」

「あいつ、インドネシアで生活しているぞ」

「もう第二の人生か」

「鎌田らしいな」

時代が経っても、外見が変わってもあの頃のままだと私は感じた。同窓会は、中学、高校の時、大学の時と比べると高校の同窓会がなぜか一番楽しい。しかし、この同窓会には、私の恋人だった麻里の姿はない。みんな気を遣ってその話をしない感じがした。二次会にそのままなだれ込み、ここでみんなと別れた。

私は、一人でいつもよく行くバーで酒を飲んでいた。その後、聡と和弘が私のもとへやってきた。

「やはり、ここだったか」

「お前はほんと変わっていないな、とさっき実感したよ」

「当たり前だろ、昔も今もイケテルから」

私と和弘は、聡の相変わらずの目立ちたがり屋振りにあきれていた。

「でもこうして三人で飲むのも久し振りだな。麻里の葬式以来か」

「いや、三人で飲むのは息子の結婚式の前日以来だよ」

「そうだったな」

そして、和弘が初めて麻里の事を口にした。私も聡もこの場までずっと口にしないようにと誓っていた。

「あいつと出会ってから、あいつが亡くなってから何年になる」

「さあ、何年になるか」

今でも三人の心には、麻里と過ごしたたくさんの出来事が宿っていた。それは、今から約四十年近く前のことだった。

三　若き日々……

私と聡そして和弘は、高校時代いつも一緒に遊んでいた。健全な遊びと言える事は、あまりしていないが。だいたい聡の家に集まり、くだらない話というか女の話で盛り上がっていた。そんなある日、いつものように聡の家でテレビを見ていた時の事だ。突然、聡がへんな事を言い出した。

「俺、麻里の事がいいと思うんだよ、どう思うお前ら」

珍しいことを言い出したので、私と和弘はテレビを見ながら何度も互いの顔を見合わせた。

そして目を合わせて、

「あいつほんといいと思うぞ、誰にでもやさしいし、明るくていい奴だろ」

するうと和弘も、

「ほんと、俺達には特別やさしくてすごくいいと思うぞ」

「そうだろ」

「付き合えば」

私は簡単に言ってしまった。聡は、再び私達に問い掛けた。

「お前達は、いいのか」

聡は、我々二人も麻里の事をいいと思っていると感じているようだ。

「なんで」

私と和弘は顔を再び見合わせた。

「俺達に気を遣うことないから、月曜日にでも告白しろよ」

と、無責任な言葉を私は言ってしまった。それに輪をかけるかのごとく和弘も

「麻里もお前をわりによく思っているぞ」

この時が発端で、聡は本当に月曜日に麻里に告白してしまう。授業が終わって、聡は真っ先に学校をあとにし、麻里の家の近所に本人を呼び出して本当に告白してしまった。

当時の聡は、超人気アイドルに心を奪われている単なるミーハーだった。聡は、親衛隊にも入っていて、聡の部屋には、そのアイドルのポスターが嫌というほど壁に貼ってあった。そう言えば、部屋の天井にも貼ってあった。冷静に考えてみれば、人気アイドルイコール麻里と理解する、もしくは想像するのは恐ろしくてたまらない。もちろん、この告白は今では笑い話の一つだが、結果はあえて話すのはやめよう。

なぜならば、今でも聡は独身なのだから、結果は想像できる。聡は、昔からこんなふうに行動力だけは素晴らしかった。ある意味うらやましく思った。何も考えずに、後ろを振り返らずに前だけを見ていつも生きている。私もこれぐらい行動力があったらと、時々思うことがある。しかし、彼は行動ばかりが先走り失敗も多々ある。だけど、この行動力が事業を起こす源になっているのは間違いない。

そう言えば、麻里の事を話していなかったので、少し話をしよう。

麻里は、すごく明るい女性というより男性と話すような感覚で、非常に親しみやすい女性だった。男性からも結構もてていた。その半面、わがままな女性の一面があり、よく問題を起こしたり、淋しがりやで泣き虫だった。

そう言われれば、麻里は私達三人には昔からやさしくて、まるで手のひらで遊ばせている感じに思えた。

私と和弘は、他の女性に夢中だった。その女性は、あけみといい、陸上をやっていて、走る姿に惚れ惚れしていた。

「和弘、あけみいいよな」

「そうだろ、あの脚見たら最高だよ」

二人はスケベ心を持っていたわけでもない。とにかくあけみは、美人でスタイルが良くて憧れのマドンナだった。

「あいつ彼氏いるのかな」

「きっといるだろ」

「そうだよな、俺達を相手にしてくれるような次元ではないよな、でもおしいな」

私と和弘の憧れのマドンナは、今どうしているのだろうと、ちょっと想像しながら今ビールを飲んでいる。

ちなみにだからと言って私と和弘がもてなかったわけでもない。二人とも彼女がいた。互いの彼女が同じ学校の一つ年下だったため、休み時間や放課後に遊んだりしていた。ともに交際はうまくいっていて、たまに当時で言うダブルデートをしていたぐらいだ。青春していたのかなと思う。高校を卒業してお互い別れてしまったが。

卒業が近づくに連れ、それぞれ進路が決まっていった。私、聡そして和弘はそれぞれ違う道を歩くことになるため、最後の最後まで学生生活を楽しんだ。

ちなみに麻里も。

私は今でもここで出会った仲間を誇りに思っている。だからこの歳になっても未だに付き合っている。私はいい仲間に出会えて幸せに思う。

四　それぞれの旅立ち

私は、高校を卒業して大学に進学にした。大学と簡単に言っても、地元の大学でなく北海道にあり、そこで四年間自分にとっては、はるか異国にも思える地で生活した。

自分の希望でこの大学を選んだわけではない。学校の推薦でこの大学に進んだ。しかし、場所を確認せずに行くと返事をしてしまったため、どこにあるかを知った時は失敗したと正直あの頃は思った。

だけど、住んでみれば冬の寒い時期は別にしても、なかなか住みやすくて、とにかく食べ物がおいしかった。

大学で出会った友達と朝まで騒いでいたり、音楽が好きでバンドを組んだりして楽しんだ。そして何よりサッカーの同好会に入って毎週日曜は試合をしていた。生まれ育った場所がサッカーで有名な清水であったため、少しはそのチームに貢献したと我ながら思う。

聡は、当時流行していた「私をスキー……」という映画に憧れて、長野県のスキーの専門学校に進学した。この頃から聡は、映画と同じ人生を歩むことになる。その後は、「彼女が水着に……」に憧れてスキューバー・ダイビングのインストラクターになり、そのままスポーツ会社に就職する。

「メッ○○ジャー……」という、マウンテンバイクで配達をするといった内容の映画に憧れて、二十万円ぐらいするマウンテンバイクを購入して、家から会社までの道のり、片道約二十キロを毎日マウンテンバイクで通勤した。要するに彼は単純ですぐかぶれやすかった。

その後、会社を退職して自分で事業を起こすのだが。

和弘は高校を卒業してから介護の専門学校に進んだ。正直、介護なんて和弘からは想像できなくて、どうしたのかと思ったぐらいだ。人の面倒を見るなんてあいつからは当時想像もできなかったので。

三人は、それぞれの道に進むことになったが、大型連休になると地元に帰ってきて遊んでいた。

和弘は東京で暮らすことになったが、麻里も看護婦さんを目指して東京の看護学校に進んだことや、さき（後に和弘の妻となる女性）もデザインの勉強をするために東京に行ったため、淋しくはなかったと思う。

よく、みんなで集まって遊んでいるという便りをあの頃もらった気がする。プロ野球をみんなで観に行った写真などを同封してきたことを思い出す。

ここで笑い話を一つ。聡は、中学時代の先輩が可愛いかったとか、何かしらの理由があってその女性を追っかけて長野から東京まで会いに来ていた。よく人を好きになると距離は関係ないと言うが、本当に実行してしまうところが聡らしい。

結局、想像通りに振られたが。

話は変わって、この時期に一つの事件が勃発する。前に出てきたさきという女性は、高校時代から和弘と仲がとても良かった。しかし、和弘はさきの事などお構いなしに他の女性に目がいって、さきにはとても冷たかった。周りはすごくさきの事がかわいそうだとずっと思っていた。

そんな中、和弘は、麻里に告白したのである。どこがどうなってこのような事になってしまったかは、この歳になっても解らない。それに本人にも聞いたことがない。高校時代、聡が告白した相手、麻里に今度は和弘が告白してしまったのだから驚きである。

あの頃、確かに和弘と麻里も非常に仲が良かったけれど、こんな事になるなんてと、私は思う。なぜ、和弘が麻里に告白したかは誰も知らないと思う。私でさえ知らないのだから。

男と女という感情の生き物は本当に不思議なものである。結果的に話せば、和弘と麻里は付き合うことがなかったのだから、私の話はこれで完結を迎えない。彼がもし付き合っていればこの物語はここで終わっていただろう。

その後、和弘はさきと付き合うようになり、仲間が羨むような恋人同士となった。私が大学を卒業して地元に帰ってきたころには、既に同棲生活をスタートさせていた。その後、二人は一緒になった。ちなみに和弘は地元に帰ってきて、介護施設に就職した。

聡のことは先程述べたように、地元に帰ってきてスポーツ会社に就職する。

私は、学生の頃から大手物流会社でアルバイトをしていたため、結局そのままその会社に就職した。普通なら大学三年の後期ぐらいから就職活動をしなければならないし、当時フリーターが流行していて、私もその一人になる筈の予定が。

時期は、ずれたが、私と聡そして和弘は、地元で社会人として歩き出した。

麻里は、東京に一人残って看護婦として社会に出た。我々より頑張っているのが明白だったため、社会に出ても心配はしなかった。

また話は変わるが、私は、社会に出る二年ぐらい前に、一人の女性と出会っていた。年上の女性で、美人で申し分のない女性だった。初めて結婚したい女性が現れたのはこの時期だった。社会に出てもその女性と付き合っていて、結婚を本気で考えていた。結局別れてしまったが、素敵な女性だった一人であることは今考えても間違いないと思う。

さて、聡も和弘も麻里との件があり、普通に考えたら私と麻里に恋愛感情が発生すると予想はできる。

予想通り、事実私と麻里との間にも、この先同じ現象が起きてしまう。

なぜ、前に結婚したいと思った女性の事を話したかというと、その後何人かの女性と私はお付き合いをしたが、その年上の女性を忘れられなかったからだ。付き合う子とその年上の女性とを比較してしまい、長く交際が続かなかった。しかし、その女性を忘れさせてくれたのが、麻里であったから驚きであり、話をしておく必要があると思ったのだ。

五　夏の思い出

あれは、確か社会人になって二度目の夏だった。私達は、社会人になっても夏と冬だけは必ず仲間と大勢でどこかへ行く事が知らず識らずのうちに決まりになっていた。

その年、仲間の一人である山口という男が結婚した。仲間の中では最初に幸せを掴んだ男だった。しかし、結婚式をしないというので、聡は俺達で手作りの結婚式をやったらどうだという案を出した。私も和弘も聡にしては珍しくいい提案をしたので、聡の案に協力し、いろんな事を調べて実際、会場探しから始めた。

三人で選んだ会場が、伊豆半島の真ん中に位置する結婚式場ということに決まり、会場を下見することになった。

その日は、私と聡と和弘となぜか麻里がいた。伊豆での結婚式を決めたのかは、宿泊施設にバンガローを貸しきって、二次会を夏の日の思い出にする予定だったからだ。会場に行き、担当者に事情を説明して、教会の中を下見した。私達は、自分達がそういう年齢になっていた事を初めて実感していた。

「麻里、お前もいつかここを歩く時がくるのか」

私は麻里をからかった。

「あんた達だっていつか歩くのよ」

おい、ちょっとお前らで歩いてみろよ。聡が変なことを言った。

「何で、歩かなければならないんだよ、しかも麻里となんか」

「それは、私の台詞でしょ」

私と麻里は互いに照れていた。

「早く。イメージの問題だよ。頭の中で教会で山口達が歩く姿を描くんだよ」

聡はプロデューサーになりきっていた。私と麻里は二人でバージンロードを歩かせてもらった。このワンシーンは今も私の心の中に鮮明に残っている。なぜなら、その後リアルに同じような光景を目にしたからだ。そして、教会の前で記念撮影をすることになった。

「せっかく来たから、この四人だけで遊ぶこともたぶんないだろうから、写真撮って帰ろうぜ」

和弘が言った。そう言われてみれば、四人がそろってどこかに行ったという記憶がない。いつも一人足りないとか、他に誰かがいたとかで、四人でどこかへ行くなんて考えたこともなかったし、冷静に考えてみれば、これが初めてだった。麻里も気付いたのか、

「撮ろうよ、せっかくだもん」

そして四人は記念撮影をした。その写真は、なぜか私を含め、みんな見たことのないようないい顔をしていた。今も、私の家のリビングに飾ってある。

その教会をあとにして、昼食を食べて、大自然の中を歩いたり、観光名所に行ったりした。帰りにお土産を買ったりして帰った。

今思えば、この日からかも知れない。この日は、なぜか車二台で行動していた。私の車の助手席には麻里が座っていた。あれ以来、大勢の仲間とどこかへ行くたびに決まって側に麻里がいた。

結局その結婚式の計画は、山口の奥さんの都合でできなかったが、その後、再度計画を改め、みんなで伊豆のキャンプ場で楽しんだ。

私は、キャンプ前日から蕁麻疹《じんましん》が身体にできて大変な思いをし、キャンプに行くのをやめようと思ったが、麻里が看護婦なので安心して一緒にキャンプに行った。行く途中で食べ物やお酒などを買い込み、車何台かでキャンプ場まで行った。ところが天気が最悪でキャンプ地に着いても、外で遊んだりすることができない日だった。夏なのに。

夕食は予定のバーベキューはできないと思っていたが、そのキャンプ場はバーベキューをやるスペースに屋根がついていたため、みんなで唯一楽しめた。だから、バーベキューの写真が三十年の時が経っても家にある。

でも、そんな中、麻里がものすごく親切にしてくれたことを今でも覚えている。さっきも述べたが、この年を境に仲間とどこかへ遊びに行くと、決まってとなりに麻里がいた。だからと言って、麻里に恋愛感情を感じた事はなかったが。

この頃はまだ女として意識していなかったが、何かと麻里に甘えていたのを覚えている。山口の結婚式の予定がキャンプに変わったが、それはそれで楽しかったのでいい思い出になった。けれど、あの伊豆の教会で撮った写真のことを、この歳になって再び思い出させてくれる事件が起きるとは、あの頃は思いもしなかった。

六　私と麻里

今まで述べてきた時代の中で、私以外の親友達には麻里との恋愛感情が生まれた。だから当然、私と麻里にもと、思うのだが、この頃はまったくと言っていいほど、麻里の事は女として見ていなかった。

それればかりか、自分の彼女の事でよく麻里に相談を持ち掛けていた。ときには迷惑もかけていたかも知れない。わがままを言い、甘えていたかも。しかし、当時を振り返れば、私を含めた三人の中で、一番親しくしていたのは私だったのかも知れない。

ある日、麻里が結婚するという連絡を和弘から受けた。私を含めた仲間は大喜びで、あいつの結婚式にどんな余興をするかの話題で持ちきりだった。だが、相手の新郎が別の女性の方へ気持ちが傾いたため麻里の幸せは遠のいてしまう。言い換えれば、結婚が破談になった。和弘からその話を聞き、少しはそっとしておいてやろうと思い、私は何も麻里には言わなかった。だが、破談になった翌日の夜に麻里から私に電話が入った。電話の向こう側は、想像するのが怖いくらい悲しくて冷たい雰囲気だった。そのおかげで、私の部屋も冷たい空気へと変わっていく。その時の私は、正直なところ、

『何で俺だよ、励ます役なら、聡か和弘に電話すればいいのに』

と心の中でずっと思いながら、淡々と話を聞いていた。麻里が泣いていて途中から聞き取りづらくなる。そんな時、麻里から突然びっくりするような言葉が発せられた。

「なんで、あんたが結婚するなって言ってくれなかったのよ、絶対に止めてくれると思っていたのに」

この女、この場で何を言い出すのかと思った。

そして、

「あなたが結婚するなって言ってくれると信じていたのに、どうして言ってくれなかったのよ。破談になっちゃったけど、あなたがいるから」

さらに麻里は泣き続けた。私は、この時しょうがないからすべて吐き出させてあげようと思った。しかし、麻里は本気で私に投げかけているように感じたので、少しずつではあったが麻里の事を一人の女性として意識するようになった。本当にこの時がなかったら、今がなかった。

だからといって、すぐに付き合ったわけでもない。この事があったからといって、すぐには恋愛感情が生まれなかったのが事実である。次の日ぐらいからは、通常の仲に戻り、恋人になりそうで恋人になれない時期を三年ぐらい過ごす事になる。この三年の間に麻里を完全に女として意識してしまい、やがて自分は告白するのではと、心の中で描き始めていた。あれは、和弘と飲んだ時だった。

「あの時、麻里が俺に対してとんでもない事を言ったんだぞ」

「なんてあいつ言った」

「俺がどうして結婚するのを止めなかったとか、俺が結婚するなって言ってくれると信じていたとか、わけのわからない事を平気で俺に言った。その時は、この女、どさくさにまぎれて何を言うんだと思ったぐらいだよ」

「でもな、お前よく聞けよ。それが、麻里がずっと心に溜めていたことだと思うぞ。何だかんだ言って、麻里は俺にいつもお前の事をよく聞いてきたぞ。お前がだらしなく毎日を過ごしていないかとか、ちゃんとご飯食べているかとか、本当に、お前の事が心配だったようだ」

「それが、どうしたんだよ」

「馬鹿、あいつはお前が一番好きなんだよ」

なぜか和弘から言われると説得力があった。

「お前が麻里を幸せにしろよ」

和弘からまるでお願いされているように感じた。確かに、和弘は麻里と恋愛関係が確立できなかったが、親友から言われると改めて真剣さが伝わった。

「俺が、麻里を」

正直、和弘から言われた事がうれしかったが、恥ずかしくてごまかしていた。

「お前しかいないよ。麻里を幸せにできるのは。きっと待っていると思うぞ、お前の口からはっきり言ってやれよ」

「でもな、和弘、俺と麻里が一緒になったら、お前達ほんとに祝福してくれるか」

「きっと祝福するさ、それにお前達がくっついたらきっと面白いよ」

和弘と飲んだおかげで、なぜか胸にあった何かがなくなった気がした。そしてこの先、ついに私は麻里に初めて告白をすることになる。

七　恋愛第一章？

今思えば、大した事のない子供の喧嘩だった。私と麻里の間に小さな溝が生まれた。だが、この溝があったから今があるのかも知れない。

麻里は、前述した事件があってから、恋愛に対していつしか臆病になっていた。電話で話している時は、あまり気にもしなかったが。私が、麻里に初めて告白した時だった。あんなに電話をしたり、会ったりしても楽しく会話が弾んでいたのに、いざ告白してみると麻里の態度が変わった。私を本気で信じられなくなっていた。

「麻里、俺が一番側にいてくれてうれしいのはお前だ。近くにいすぎて気付くのが遅かったけど、だから」

麻里から意外な言葉が帰ってきた。

「ほんとに大丈夫、あなたで、ほんとに」

麻里は人を本気で信じられなくなっていた。確かにあんな事があったらそうなのかも知れない。あの無邪気な麻里でさえもこんなになってしまうのかと思うと恋愛がいかに難しいかを教わったのはこの時だった。

「俺はぜったいに麻里を幸せにする、二度と淋しい思いはさせない」

こんなやりとりを麻里と電話で二時間ぐらいしたと思う。

「ほんとに」

二十六歳当時、私は地元清水に住んでいた。麻里はまだ東京で暮らしていた。ようやく話がまとまり遠距離恋愛のスタートラインに立った。いや、予定だった。というか筈だった。

翌日私は、なぜか解放された気分だった。たぶん、人生で初めて、心の底から自分の思いを言葉で表現したからだと思う。今振り返るとそんな気がしてならない。だから、あんな事をしてしまったのではないかと思う。

それは、あまりのうれしさに私と麻里を知るすべての仲間達に二人の関係を話ししたことだった。別に世間からしてみれば普通かも知れないが、麻里が恋愛に臆病になっていた時期に、平気でそんなことをしてしまった。麻里は私と違って、自分の事になると人に言わない性格で、言い換えれば、本当に親しい人にしか話をせず隠したがる性格だった。ましてや、こんな時期なので、なおさら敏感だった。私は麻里の性格をよく知っていたが、あまりのうれしさに事を大きくしてしまった。この事があり、麻里は私に不信感を抱いてしまった。

「あなたの気持ちはよく解るけど、やりすぎだと思わないの」

「でもみんなに解ってもらわないと、仲間達に会った時なんか気まずいだろ。それにすごくぎこちないと思ったから」

「いつも勝手に自分でなんでも決めてしまうのね」

「そんな事ないだろう」

「あなたはいつだって昔から自分中心で動くのよ、ほんと、目立ちたがり屋よ」

「お前、何にも解っていないんだよ。お前のためにもこのほうがいいんだよ」

私は、麻里の性格を直したかった。麻里は、自分が恥ずかしい思いをするのを昔から嫌がっていた。ふざけて笑われるとかそういう話ではなくて、自分のことになると、すべてを隠して、自分のプライベートをさらけ出すことが恥みたいな感覚で捉えていた。確かに恋愛には関係ないかも知れないが。

私からしたら、それが一番麻里の嫌いな部分であった。威風堂々と、街中を歩けないのと同じ気がしたからだ。と、こんな調子で喧嘩はするが、お互いの気持ちがまとまらなくなって、ついに麻里の口から、

「いったん、振り出しに戻しましょう。あなたの話が信じられなくなったわ」

と言ってきたので、私もあとには引けずに、

「あ、いいよ。お前がそれでよければ。確かに俺がやりすぎた。そう言うなら、

こっちからお断りするから」

もうこうなったら止まらない。引くにも引けない状態になってしまった。普通に考えたら、ほんとに小さな話である。しかし、この時の二人には、その小さな出来事が大きな出来事だった。そしてついに私と麻里の恋人時代は、丸二日の賞味期限だった。しかし、この事があったからこそ、この先の二人は深い絆で結ばれることになったと思う。お互いに腹の底から言い合いをしたので。今思えば、本当に笑い話である。

八　好きな人に逢うために……

私と麻里は、喧嘩をしてからお互いに口も聞かずそれぞれの毎日を過ごしていた。今までは、多い時で一週間に三～四回は電話で会話をしていたから彼女からの電話がなくなると毎日が不自然だった。毎日、仕事から帰ってきてもなぜか電話が気になっていた。麻里も同じだったかは今となってはもはや解らないが。仲間からお互いの様子をさりげなく聞いていたぐらいな気がする。

二年近く経ったある夜に、思い切って麻里に電話をしてみた。その電話は、妙に新鮮味があってお互いがはじけていた。そこで、会話をしていく中から今度、麻里に会う約束をした。

そして二年近く振りに都内で麻里と会った。二人で会う事は意外にも初めてであったため今回ばかりは正直緊張感があった。久し振りにあった麻里は、昔より痩せこけていて元気がなくて驚いた。

「お前、どうしたんだ、病気にでもなったのか」

私の第一声はこんな言葉だった。どう見たって麻里は二年前とあからさまに違っている。

「仕事がかなりハードで、最近、睡眠時間がいつも以上に少なくて大変なんだ」

確かに麻里は看護婦になってもう中堅、下手をすればベテランの域に入る。だからといって、私の瞳は麻里の変わりように驚きを隠せなかった。その昔は、どちらかというと細身だったが、少しはふっくらしていた。しかし今の麻里は、がりがりといってもいいぐらいだ。彼女は看護婦という職業が一番あっていると私は思う。彼女は人の面倒をよくみる性格なので相応しい仕事についたと思っていた。私は、とにかく麻里に昔のような楽しい時間を作ってやりたいと思った。そしてその日は思いっきり麻里を笑わせようと思った。しかし、麻里が楽しむよりも私が楽しんでいたのかも知れない。なぜならば、その時も麻里を思っていたからだ。世界中で一緒にいてこんなにおもしろいと感じるのは麻里だけだとずっと思っていたからだ。

「今度、こっちにこないか」

私は、淋しそうな麻里に生まれ育った場所で楽しい時間を作ってあげたいと思った。当時の麻里は、親の転勤もあって栃木県で生活をしていた。そのため、新しい病院に再就職していた。この日のデートの一ヵ月後、麻里は私を訪ねて地元に遊びに来た。というより帰ってきたという言葉が相応しい。私は、そんな麻里にプレゼントを渡した。麻里が好きなブランドのネックレス。

「お前に似合うかと思って」

「嘘でしょう。うれしい、ほんとにくれるの。ありがとう」

麻里は喜んでくれて、その後、地元で昔の懐かしい場所に行ったりして楽しい時間を過ごした。そんな時、麻里は私が想像もしていないような事を車中で語った。

「好きな人に逢うために、好きな人に逢うためにこっちに遊びに来た。ずっと逢いたかった。二年前のあの時が永遠のさよならだとずっと後悔していた。だってやだもん、あなたに一生逢えなくなるなんて」

麻里の瞳には涙が浮かんでいた。本音を言えば私は驚いた。あの麻里が自分の口から告白したのだった。しかも相手が私だからなおさら驚いた。もう交じることのない平行線が平行でなくなった瞬間だった。私は離れてみて、ずっと彼女しかいないと、改めて思っていたから、彼女以上の女性が現れないとたぶん結婚しないのではないかと思っていた。だからうれしかった。私が麻里の事をあれからずっと思っていたのに、麻里もずっと思っていてくれたかと思うと。ここから私と麻里の恋愛第二章が始まる。と同時に、それは二人をそれぞれの道に運ぶ神のいたずらであり、悲しい序曲の始まりでもあった。

九　別れ

私と麻里は、恋愛第一章の時よりも距離がある遠距離恋愛だった。月に二回ぐらいのペースで互いのどちらかが逢いにでかけデートを重ねていた。

私と麻里の趣味は昔からまったく異なるが、食べ物の趣味だけは一致していた。だからデートの夕食は決まって中華を食べていた。この歳になっても中華を食べると思い出す。麻里とは、いろんな場所に行った。野球観戦に行ったりコンサート、ときには、プロレス観戦もした。

あるデートの時、麻里は私に内緒でプレゼントをしてくれた。麻里からもらった初めてのプレゼントはネクタイだった。ずっと大切に今も残してある。本当は、そのネクタイを着けた自分をみせたかったけれど。デートを重ねるうちに、仲間からはいつ結婚するんだと茶化されたりもしていた。前回の事があったので、身近な仲間だけに私達の仲を話してあった。

私は、麻里との将来のために仕事に夢中になり、結婚資金を貯めながら地元で生活する夢ばかりを見ていた。

ちょうど、半年ぐらいが過ぎ、真剣に二人で将来の事を語りだした頃、事件が起きた。突然、麻里との連絡がとれなくなり、音信不通になってしまったのだ。周りの仲間に聞いても誰も知らなくて心配していた。私は仕事も手につかなくなり、麻里が住んでいる栃木県の実家を尋ねた。麻里は、仲間そして誰より私に黙って外国に行ってしまったという現実だけが目の前に現れた。

なぜなのかこの時は解らなかった。私がまた麻里を怒らせてしまったのか、それとも私の事が嫌になったのか、それとも……。考えれば考える程、頭の中が真っ白になり混乱していた。現実を知らされた私に、麻里のお母さんがこんな話をしてくれた。

「ずっとあなたが迎えに来てくれることを待っていたみたいでした。ずっとあなたのお嫁さんになるのを夢見ていたようで、よくあなたのお話を聞かされました。他のお友達のお話も楽しかったけど、あなたのお話をしている麻里が一番楽しそうでした。今度、連れて来ようかなって話したばかりでした。

しかし、先日勤務先の病院でアフリカ行きの話が持ち上がりました。アフリカの小さな街で、医療が不足して毎日多くの人が次々と亡くなっていく話が耳に入り、麻里はいても立ってても居られなくなったようです。そのため、南アフリカの小さな街の病院に行く決心をしました。麻里のほかにも何人かの先生と看護婦さんも一緒です。小さな尊い命が、数多く亡くなる事に麻里は耐えられなかったようです。出発当日まで麻里は悩んでいました。

けれど、あなたならきっと解ってくれると言って旅立ちました」

麻里のお母さんの話を冷静に聞いてみて、もし行く前に相談されたとしてもまたぶん私は麻里をアフリカに行かせたと思う。あいつは、看護婦をしている姿が一番麻里らしくて天職だと思っていたし、結婚しても看護婦だけはずっとやらせたかった。仲間が反対しようが。しかし、この時ばかりは涙が止まらなかった。

十　あれから君は

麻里との別れがあってから十年が経ち、私の家に一枚の写真付きの葉書が届いた。それは、麻里からだった。アフリカに麻里と一緒に行った先生らしき人と結婚した姿が写っていた。麻里は女の子を抱いている。そこには、こう書かれていた。

「アフリカに勝手に行った事は、今でも許してもらえないのは解っています。しかし、あなたに相談しても、行きなさいと言ってくれたと信じています。今でもあなたの一番の理解者ですから。大切なあなたへ」

麻里は昔から自分勝手で、わがままな女性だった事が葉書を見て懐かしく感じられた。アフリカの小さな街で何があったかは、今の私には解らない。しかし、今でも麻里との思い出は、大切に心に保管している。

あれから私は、素敵な女性に出会い、世帯を持ち、私に似た息子がいる。毎日何もなかったかのように時間が過ぎていく。麻里の事は、妻には一言も話をしていない。もし話をしてしまったらきっと妻が比較してしまうと思うからだ。

あれは、確か私が四十五歳の時だったと思う。久し振りに親友の一人、和弘から連絡が来た。それは、悲しい知らせだった。麻里が亡くなったという悲報。和弘は、私が結婚して幸せな毎日を過ごしていることに気を遣って、麻里のその後を知っていながら私に話をしなかった。その時初めて、和弘の口から、麻里のその後を聞かされた。

「麻里は、二年ぐらい前に日本に帰ってきていた。病にかかって入院していた。お前に言うかどうしようか、さきと二人ですごく悩んでいた。しかし、それどころか急に病状に異変が起きてこのままではまずいと感じて、彼女は絶対に最後はお前に逢いたいだろうと思って、何度も電話したけどお前、携帯の電源切っていただろ。自宅にかけても留守電にもならないし。すまん。本当にすまん」

話を聞いてみると、麻里は帰国してから私の住んでいるとなりの街でひそかに暮らしていたという。私は、病院で麻里の亡くなった姿をこの瞳に映し、十五年振りの再会がこんなに切ないものかと、信じられない自分に苛立っていた。

アフリカに行っていなければ、私と一緒になっていればこんな事にならなかったと自分を責めた。葬儀は、小雨が降る中、静かに行われた。私のとなりに聡がいてこんな言葉を発した。

「お前の一番のアイドルであり、俺達のアイドルでもあった。やっぱり永遠のアイドルなのかな、麻里は」

遺影を眺めながら、麻里との一つ一つのシーンが走馬灯のように蘇っていた。これは、聡や和弘も同じだったと今思う。

麻里が亡くなってちょうど四年後、私は妻と離婚した。妻はフラワーコーディネートの趣味を活かして、事業を起こしてすれ違いの日々が一年以上も続いたのだ。離婚届を出す前日、私は麻里のお墓の前に立っていた。

「この歳になっても、またお前に相談しなければならないかと思うと情けないよ、俺は」

十一　運命

離婚してから何年かは息子と適当な毎日を過ごしていた。その頃はまだ、息子が学生だったため、あまり寄り道をせずに真っすぐ家に帰ってきていた。

ここ最近の話である。ある日、私は仕事を終え、スーパーで夕食を買って家で食事をしていた時の事だった。そこに息子が、

「ただいま」

と言い、リビングに入ってきた。息子の彼女も一緒に入ってきた。

「お邪魔します」

なぜか私は様子が変だと思った。そして息子が突然驚くようなことを言った。

「親父、聞いてくれ。俺、彼女、今村麻美さんと結婚するから」

突然、何を言い出すかと思ったが、私に初めて自分の彼女を紹介した。私は、うれしくなり、

「そうか、お前よかったな。息子をよろしくお願いします」

と二人に話した。そして私は、冷蔵庫からビールを取り出し、二人に注ぎ祝杯をあげた。

二人と話をしている中、息子の彼女、麻美さんから意外な事実が解った。それは、息子の彼女、麻美さんは南アフリカの小さな街で生まれたという事実だった。普通に考えたら、すごいぐらいにしか思わないが、彼女を初めて見た時の気持ちが蘇って私は思わず聞いてしまった。

「麻美さんのお母さんの名前は何ていいますか」

「親父、何をわからないこと聞くんだ。そんなこと親父が聞いてどうするんだ。関係ないだろ、麻美のお母さんの名前なんて」

「はい、今村麻里と言います」

息子が初めて家に麻美さんを連れてきた時に、顔を見かけた事が蘇った。なぜか癒されるというか心をくすぐられる気がしていたのが、これでやっと解けた。

その時、麻美さんが私に尋ねた。

「あそこに飾ってある写真、私すごく見覚えがあります。初めてこちらに来させていただいた時からずっと気になっていました。いつか聞いてみようと思っていました。あの写真に私のお母さんが写っている気がします。昔、私の家にも同じ写真が飾ってありました。あの女性は誰ですか。私の母ですか、お父さん」

「何だって」

息子が驚いた。私は、ゆっくりラックの上に飾ってある写真を手にした。それは、確かに私と聡、和弘そして何よりも私の息子のお嫁さんになる女性、麻美さんのお母さんである麻里が写っている。三十年ぐらい前に撮った伊豆での写真である。

「この女性は絶対に私の母ですよね」

「なんで、麻美のお母さんが写っているんだよ、知り合いなの親父」

息子と彼女は驚いている。そして疑問を抱いている。そこで私は言った。

「麻美さんのお母さんに似ているかも知れないけれど、別人ですよ」

私は、その写真を静かに眺めていた。

十二　誰の結婚式

翌年六月、息子と麻美さんの結婚式が催された。前日、私は落ち着かなくて、聡と和弘を呼び出して三人で久し振りに酒を交わしていた。

「おめでとう」

聡と和弘は私にお祝いの言葉をくれた。別に私が結婚するのではないが。

「今日は俺達がおごってやる」

私は、聡と和弘に言いたくても、この場では言えなかった。私と麻里の子供達が、一人では叶えられない夢を叶えてくれることを。なぜなら、二人は、たぶん信じてくれないと思っていたからだ。普通に考えてもあり得ない運命のようなドラマが現実に起こることはほとんどないのだから。

でも、私は子供達に感謝している。麻里がこの世にいない今、私の夢が別の形で叶うわけだから。私はたそがれていた。ボーッとビールのジョッキを眺めていた私を見て聡が言った。

「おい、だいじょうぶか、明日の挙式」

「何で」

「親族のあいさつ考えたのか。お前、緊張しているだろ」

聡は私をからかっていた。

「恥かくなよ」

和弘も私をからかった。

そして結婚式当日。

「結婚式午後一時からだよな。ちょっと俺、寄り道してから会場に入るから」

「二時間ぐらい前には遅くても来てくれよな。相手の親族と親父の元女房に悪いから」

最後の最後まで息子は生意気である。私は、真っすぐ結婚式の会場に向かわず、麻里のお墓の前に立っていた。

「また、ここに来てしまったよ。だめだよな俺は。息子の晴れ姿を目前にして父親が一番緊張しているよ。なぁ、教えてくれよ、麻里。お前知っていたんだろ。俺の息子とお前の娘が付き合っていた事を。お前どう思う。俺達にできなかったことを子供達が叶えてくれるよ、もうすぐ。答えろよ」

『あなたは、一人で生きていかれないから、私の代わりに娘があなたの面倒をみなければ、毎日あなたはここに来るでしょ。淋しがり屋だからね。娘をよろしくお願いします』

私の息子と麻里の娘の結婚式。二人でバージンロードを歩く姿を見た私の瞳にはいつしか、私と麻里の結婚式に変わっていた。昔、伊豆の教会で二人一緒に歩いたバージンロード。

「これは幻なのかな。もし幻だったとしてもうれしいよ」

息子達が、叶える事ができない夢を見させてくれた。

「この先私が麻里の元へ旅立った時に、お前達にバージンロードを歩く私と麻里の姿を披露するから、きっと。本当にありがとう」

なぜか、私と麻里が結婚式を挙げた祝杯を、今聡としている気分で、このビールが人生で一番おいしく感じた。

LAST LOVE【第二部】

君が通り過ぎたあとに……

君が通り過ぎた跡に残った温もりは、
世界中のほんの小さな物語として永遠に眠る。
運命の徒《いたずら》が、リセットボタンを押させた瞬間、
それぞれの描くレールを歩き出していた。

一　葉書の真実

「私が一番大好きな女性は、麻里だ」

そう思いながら私はあの頃、何年も平凡な時間を過ごしていた。仕事に明け暮れて、近いようで、遠い存在の女性、麻里を遠くから眺めていた気がする。麻里が生きていたら、

「私の台詞だろ」

と突っ込むのが想像つく。

「好きだ」

という簡単な言葉が、難しい言葉そして尊い言葉と実感したのはこの時期だっ

た。

「私、彼氏できたよ、あんたも頑張りなよ」

「嘘、おめでとう。けど、よっぽどその男、物好きだよな」

「なんでよ。私だってこう見えても結構もてるのよ。知らないでしょ」

私は、そう麻里に言われたが、心の中ではお前はすごくいい女だよと囁いていた。麻里が、結婚する話を聞いた時、本当はどうしようかと思っていた。あの時は、仲間が祝福しているのを自分も一緒になって喜んでいたけど、今思えば自分の感情を偽っていたのかなと思う。そんな自分に笑えてくる。全く意識していなかったと思っていたけど、麻里が亡くなってから意識していたのかなと思うようになった。今の私には麻里がものすごくいとおしいと感じる。時間が経つにつれ、麻里という存在を大きく感じていた。

「どうして先に逝ってしまったんだよ。ずっと側にいてくれると思っていた。何であの時、俺に黙って逝ったんだよ」

私は、麻里のお墓に語りかけていた。問いかけに応えてくれないことが解っていても。そしてお花を抱えてゆっくり帰宅した。

「ただいま」

「お父さん、お帰りなさい。どこへ行っていたのですか」

迎えてくれたのは、息子の嫁の麻美だった。

「散歩していたよ。せっかくの休みだから、家でゴロゴロしていてもしかたがないだろ」

「そうですね。お父さん、お茶入れますね」

「ありがとう、書斎に持ってきてくれ」

息子夫婦が同居することになり、私は二つの事で悩んでいた。麻美は、すごく気がつく女性で感心する。しかし、時々麻里の若い頃を思い出させてくれる。正直、そっくりだ。だからいつまで経っても亡くなった麻里を忘れられない。そして思い出すたびに心が辛くなる。どうしたらいいのかと考えさせられてしまう。

仕草とか、ちょっとした時にふと思い出させてくれる。

そんな事を悩みながら、息子達が結婚式をあげてから約三年が経過したある日の出来事だった。

「お父さん、入ります」

麻美がお茶を持ってきてくれた。

「お父さん、お茶どうぞ。あと、これおとなりの川田さんから頂いたお饅頭です」

「何だ、川田さん旅行でも行って来たのか」

「能登半島に行って来たみたいです。お土産に頂きました」

「会った時、それではお礼を言っておくよ」

「お願いします」

麻美が私の部屋を出ようとした時、振り返って麻美が再び話しかけてきた。

「お父さん、ずっと気になっていた事があるんです。聞いていただけますか」

「どうした」

「私、ずっと心に秘めていたことがあります。お父さんは私を時々見つめますよね。なぜだか私は解りますよ」

「何を言うんだ、突然」

「聞いてください。ごまかさないで下さいね、お父さん」

「別にごまかす事なんてないよ」

「お父さん、私を昔の恋人と重ねていませんか」

私は、まさか麻美がそんなことを言うとは思っていなかったので、少し動揺しながら話した。

「昔の恋人、別れた前の奥さんの事か」

「違います。私のお母さんではありませんか」

麻美が私と麻里の事を知っていたという事実に驚かされた。

「お父さん、私を見るのが辛くありません」

「何で、私が麻美さんのお母さんと知り合いだったという事を知っているのかい」

「先日、実家に帰った時の出来事です。お母さんのアルバムとか、引き出しの書類とかを整理していたのです。私のお父さんはそのままにしておけと言っていたけど、もう亡くなって結構経つので整理しようと思い、引き出しを開けました。いろいろ書類や手紙が入っていたので、読んで捨てるものは捨てたのですが、ある封筒に目がいきました。何枚も封筒が入っていて何気なく見ていたら、私が赤ちゃんだった頃の写真付きの葉書が何枚もありました。結婚式に私を抱いた写真が。その写真付きの葉書の中に、文章が途中とか書き損じたものとかが何枚も入っていました。たぶん、泣きながら書いたのもあると思います。涙で濡れた部分が紙の状態でわかったので。その写真付きの葉書の中の一枚の宛名にこの家の住所、そしてお父さんの名前が書かれていたのです」

そう言って、麻美はエプロンのポケットからその葉書を出すと私に見せた。

私は、驚いた。まさか麻美が私と麻里の真実を知っていたなんて。言葉が出なかった。

「この葉書はお父さんが持っていて下さい。私は、誰にも話しませんから。二人だけの秘密です。だからお父さんも私に気を遣わないで下さい。お父さんのお母さんに対する思いは、私はすごくうれしいです」

私は、麻美から葉書を手渡され、じっくり眺めながら話した。

「解りました。そしてありがとう。これで、なぜか少し楽になれたよ。でも不思議だよな。大好きだった女性、麻里の子供と今こうして一緒に暮らしているのだから。運命なのかな」

麻美の顔を見上げたら、麻美の瞳に涙がにじんでいた。そして、麻美は部屋から出ていった。私は、息子達が結婚してこの家に一緒に暮らすようになってから、ずっと心にこの事がまとわりついていた。そして麻美から渡された葉書をこの目にして、あらためて麻里に恋をして良かったと思った。その葉書にはこう書いてあった。

「この葉書は、結婚式を行って半年も経ってから、ようやく書くことができました。本来ならば、すぐに送るはずでしたが、書けば書くほど、言いわけのような気がして書けませんでした。しかし、心に思うことをずっと留めてこの先の人生を歩むのが辛いので書きます。この葉書があなたに届いた時が永遠の別れだと思います。でも好きです。あなたが、今でも、そしてこの先もずっと」

このあとの文章は、涙で滲んで解読不能だった。私の家に数年前に届いた葉書の文章とはあきらかに内容が違っていた。たぶん、麻里は本当の自分の気持ちを抑えて、私が葉書を読んでも差障りのないような文章を新たに書いて日本にいる私の元へ送ったと理解できた。私は涙が込み上げてきて、

「麻里、お前が悩むのと同じくらい、いや、それ以上俺も辛かった」

と心の中で呟いていた。

麻里が側にいたら、抱きしめていたかも知れない。そんな気持ちだった。そして心を落ち着かせるために、麻美が入れてくれたお茶を口にした。

二　親友達への告白

私は、もう会社を定年退職し、家で老後生活を楽しんでいた。普段は朝から近所を歩くことで体力を養っていた。

「お父さん、朝食の用意ができました」

息子の嫁、麻美が声を掛けてきた。私は、食卓で食事をしていた。そんな時、電話が鳴った。麻美が電話の応対をしてくれた。

「お父さん、もてない叔父様が、いつもの場所で夜七時頃から、飲んでいるから来て下さいとの事です。なんて言っておきます？」

「未だに独身の聡君、相変わらずもてないなら、慰めに行ってあげると伝えてくれ」

麻美は、笑いながら聡に伝えて電話を切った。

「お父さん、聡叔父様は、いつになったら、結婚できるのですか」

「私に聞かれても解らないよ。解ることは、もてないという事だ。そう言えば、もうあいつは会社に行ったのか」

「今日は、出張で朝早くから出かけました。明日帰ってくるそうです」

「そうか、それじゃ、今日は送り迎えがいないか。それならタクシーで帰るとするか」

「お父さん、私が迎えに行きますから、電話下さいね。あと久し振りに和弘さんも来ると言ってましたよ」

「珍しいな。何かあったのかな」

私は、食事を摂り、リビングでテレビを見ながら時間が経つのを待っていた。なぜなら、二人に逢うのは久し振りなので、楽しみにしていた。夕方になり、私は出かける仕度をしていた。そこに麻美が入ってきた。

「お父さん、入ります」

「はい、どうぞ」

「お父さん、今日お二人に逢ったら、ちゃんと話をして下さいませんか」

「何を話すのだ」

「私の事を。私の母、今村麻里の娘と一緒に暮らしている事を」

麻美は、本当にいい嫁だと思う。よく気がつく。ときには、私の心の中まで読むくらいに素晴らしい女性だ。私が心に思っていたもう一つの悩みもお見通しだった。昔、麻里に相談したり甘えていたが、昔と同じように今は麻美に甘えて暮らしている。やはり、親子なのかなと。

「話すよ、きっと」

そう言い残して、家を出た。

「おう、元気だったか」

店では、うわさのもてない叔父様が焼き鳥を口にしていた。何気なくとなりに座ろうとすると、聡が、

「ここは連れの席だから、お前はこっちだ。和弘が来たら、座敷に移ろう」

聡は誰かを連れてきたらしい。はたして誰なのだ。なぜか今日はおかしい。

「ごめんなさい。お待たせしちゃって」

「ここに座りなさい」

「こんばんは。初めまして。神崎綾と申します」

私は、首をかしげながら、聡の顔を見た。

「初めまして」

「お前は自己紹介をしなくていいぞ。もう解っているから」

「紹介する。俺の妻だ」

「はっ、はっ、嘘」

私は、店を見渡した。このアホ、俺を騙す気なのか。何か罠にはめる気なのか。

「何してんだよ。落ち着いて注文しろよ。ビールか」

「だって」

神崎綾さんが私を見て微笑んでいる。

「お前、また見栄でも張っているんだろ。綾さんそうですよね。そんなわけないだろ」

「落ち着いてください。先日、聡さんと籍を入れました。事実ですよ、三月二十四日に届けを出しました。

「嘘、本当か。いや、信じられないよ」

こんな会話をしている中、和弘が現れた。

「お、独身野郎ども、元気にしているかね」

和弘は、彼女を他人と思い、

「すいません、一つずれていただけませんか」

「和弘、馬鹿、聡の奥さんだよ」

「お前、何を言っているんだ。歳取ると困るな。聡に嫁さんなんているわけがないだろ」

「それが、今こうして俺達の前にいるんだよ」

私は、ちょっとムッとしながら言った。

「嘘、なんで。聡、本当か」

「いいから、座敷に移ろう。あっちの座敷に移っていいですか」

店員が、テーブルに並ばれていた料理を座敷に移し、我々も移動した。

私と和弘はお互いに顔を見合わせて、黙っていた。彼女は笑っている。

「紹介する。この女性、神崎綾さんと先日入籍致しました。これから残りの人生一緒に過ごします。まずは、お前らに紹介しようと思って今日は連れてきた。どうか、末永くよろしく」

その女性は照れながら我々の顔を見ていた。私も和弘も呆然としていた。まさか、あの聡が結婚するなんて、私も和弘もそして聡を知るすべての人、誰もが信じられない瞬間だった。

「和弘、今日は俺達の完敗だな。御馳走してやるよ。聡と綾さんの門出だ」

「そうだな。すいません、ビール下さい」

全員、飲み物を手にして、

「それでは、聡の念願の記念すべき日、綾さんとの結婚おめでとう！　完敗。乾杯」

みんなで笑い転げた。聡には悪いが、信じられない出来事だった。和弘も同じ気持ちだと思う。世の中には信じられない事がある。私の家庭事情のように。

この出来事は私達にとっては明日の朝刊一面扱いの大スクープだった。聡は、綾さんに私達の話をすでにいろいろしていたため、綾さんも会話の中に簡単に溶け込めた。だから楽しい時間が過ぎた。どうやら、聡の会社に勤めていた女性のようだ。この野郎、会社の女に手を出しやがって。私は心に思った。

「聡さん、このへんで、私は失礼致します」

「え、もう帰ってしまうの、もっと一緒にいて楽しもうよ。こんな気持ちで飲める酒はもう二度とないから」

和弘が言ったので、私は突っ込んだ。

「二度もあったら困るだろ」

「そうだったな、すまん」

「今日は、聡さんと約束してあったんです。あいさつだけってね。それに久し振りに三人で再会したのだから、おいしいお酒を朝までどうぞ」

「聡さん、先に帰ってますから、あまり飲み過ぎないように」

「忠告されちゃった」

聡は、浮かれていた。

「今度、うちに遊びに来て下さい。それでは、おやすみなさい」

私は、心の中でなぜかむかついていた。聡が夫婦を演じている姿に。おとなげないが。そして綾さんが帰って三人になった。

「お前、いつから彼女と付き合っていたんだ」

和弘が聡に聞いた。私もすごく気になっていた。

「もうだいぶ前からだよ。お前達に内緒にしておいた。そうそう、お前の息子の結婚式ぐらいには既に一緒に住んでいた」

「嘘だろ、ずいぶん前じゃないか。ずっと黙っていたのか」

「人生、最後に大逆転勝利を飾りたかったからな」

「彼女、初婚じゃないだろ」

「バツイチだよ」

「そうだよな、初婚だったら驚きだよな」

「でも良かったじゃないか。これで、お前も幸せになったわけだし」

「そう言えば、さきは元気にしているのか」

「適当な毎日を送っているよ。子供がもう大きくなったから、毎日習い事しているよ」

「そうか。たまには遊びに行くよ」

誰が、麻里の事を話すか、駆け引きを三人はしていた。どうしても、三人で集まれば、麻里の話が今でも出る。けれど、今日は私が話をしようとずっと思っていた。まさか、聡の結婚を聞かされるとは思ってもいなかったので、すっかり麻美と話をした事を忘れていた。

「実は、お前達にずっと隠してきた事があるんだよ」

「おい、まさかお前も再婚したなんて言わないだろうな」

私は、深呼吸した。

「聡、お前時々、家に電話して来るけど、何か感じた事ないか」

「何か、感じたかな」

聡は、黙って考え込んでいる。

「そう言えば、なぜか隼人の嫁さん、麻美ちゃんだっけ。彼女が電話に出るとすごく懐かしく感じていた。なぜか、昔にタイムスリップしたみたいに」

和弘が口を開いた。

「そう言えば、去年か、お前の家で飯食べた時、麻美ちゃんが、麻里に似ていると思った事があった。正直、似ているぐらいにしか思っていなかったけど。今思えば不思議な感じがした」

「そうなんだ。お前らが感じるのが正解だよ。感じなかったら麻里と親友でもないし、好きになった女性でもないから」

聡の顔が青くなった。

「嘘だろ、あれは麻里か」

「お前、馬鹿だな。麻里は亡くなったんだぞ。葬式一緒に出ただろうが」

「じゃ、誰だよ」

和弘が言った。

「麻里の娘だな。けど、何でお前の息子の嫁さん何だ」

「不思議だろ。俺が聞きたいよ。俺の人生にずっと麻里がいるんだよ。亡くなっても。ずっとだぞ。信じられないだろ」

聡も和弘も黙り込んでしまった。

「俺は、お前達に言っても信じてもらえないと思って今まで隠してきた。けど、ずっとお前達に隠してこの先の人生を過ごすのかと思った時、息苦しくなりそうで嫌だった。だから今日話をしようと決意してきた。ごめんな、聡。お前の祝福の席にこんな話をして」

「別にいいよ」

なぜか和弘が言った。

「お前、まだ、麻里が亡くなった事信じられないのか」

「いや、現実として受け止めているよ。でもな、こんな事ってないだろ。今一緒に暮らしている女性が、麻里の娘なんて。信じられるか、普通」

「どうしてお前は解ったんだ。麻美ちゃんが麻里の娘なんて」

「結婚するって息子が麻美を家に連れてきた時に、麻美が居間に飾ってある、昔山口の結婚式の計画で伊豆に行った時の写真を見て、お母さんが写っているって言い出したんだ。だからその時、お母さんの名前を聞いたんだ。その前に、生まれ育ったのが、アフリカの何とかっていう国の街だと言ったんだ、彼女は。その時、初めて麻里の娘と解ったよ」

「お前自分の息子にこの事話したのか」

「話すわけないだろ」

「ぜったい話すなよ」

「解っている。それに麻美が先日、俺宛に麻里が出そうとして出さなかった葉書を実家で見つけたんだよ。だから俺と麻美の二人だけの秘密に今のところ、なっている」

三人は、しばらく沈黙していた。聡も和弘も運命という時の徒をかみ締めていた。しばらくたって、聡が口を開いた。

「絶対にお前、麻美ちゃんを幸せにしろよ。俺達も協力できるところは必ず協力するから。約束するよ。な、和弘」

「あ、そうだ。ちゃんと困ったら言ってこいよ。お前の麻里でもあるけど、俺達の麻里でもあるんだから」

「お前ら、俺が麻美の旦那ではないんだぞ。俺の息子だぞ、旦那は」

「いや、お前の息子の嫁であろうとお前が面倒を見なければしょうがないじゃないか。お前の大好きな女性、麻里の娘だぞ」

「そうだな。ありがとう。話して良かったよ」

「けど、信じられないな」

聡が最後に話した。

『貴方達が私の娘の面倒を見るなんて。娘が間違った道に進むからやめて』

と天国で麻里が笑いながら俺達に話しているように感じたのは俺だけだろうか。

三　私と麻里の孫

私は、ここ近年、胃が悪くて病院に通っていた。もう六十五歳なのだから、どこかが多少おかしくても文句は言わない。

「先生、最近胸が苦しくなるんですよ。歳だからですか」

「どれどれ、息を吸って、はい、吐いて」

「動きに異常はないと思いますが、お酒まだたくさん飲んでますね」

「すいません。やめろと言われるとなかなかやめられなくて」

「念のため、検査致しましょう。心電図やいろいろ含めて。検査入院していただけますか」

「わかりました。この際だからお願いします」

私は、病院の受付で入院の手続きをして帰った。さて困った。息子や麻美に何て言うか。そのまま言ったら心配して病院につきっきりになるだろし。

考えながら歩いていたら家に着いた。

「お父さん、お帰りなさい。どうでした」

たいしたことないよ。いつもの薬を貰って帰ってきたよ」

「血圧が高いのですから、心配です」

「大丈夫。心配要らないよ。ただ、念のために検査することにした」

「いつですか、検査は」

「来週の月曜と火曜の二日間、泊まりで検査だよ」

結局、麻美には正直に話をしてしまった。

「大丈夫ですか。もう心配ですよ」

「大丈夫だよ、麻美は心配性だな。お茶をくれ」

「解りました。でもお酒はもう今日から厳禁です。約束して下さい。お爺ちゃんがいなくなったら困ります」

「お爺ちゃん」

麻美はしまったという顔をした。

「麻美、いや、麻美さん」

麻美は嘘をつけない性格なのか、顔に出ていた。まったくお母さんにそっくりだ。

「そうか、おめでとう。いつだ」

私はうれしくて興奮していた。

「おめでたか。そうか、そうかおめでとう。それで予定日はいつだ」

何度も聞き直していた。

「黙っていて下さいね。私がばらした事を。今晩、驚かせてやろうと今朝二人で話していたんですから。来年の六月です」

「そうか、私も誕生日が六月だし、麻美のお母さんも六月だからめでたいじゃないか。あいつの子供を宿してくれて本当にありがとう。お茶、自分で入れるからいいよ」

「いいですよ。私が入れますよ。その代わりに絶対にばらした事を言わないで下さいね」

「わかったよ」

私は書斎に入って新聞を読んでいた。自然と微笑んでしまう顔を堪えながら。

麻美がお茶を持ってきた。

「はい、お父さんどうぞ」

「麻美さん、お母さんには報告したのか、この事を」

「実家の父には報告をしました」

「お父さんは何て言っていた」

「良かったなと喜んでくれました。今週の日曜日に隼人さんと二人で実家に行ってきます」

「そうするといいよ」

「お母さんにはお父さんから報告してください。最近、頻繁にお墓に行っているのを知っていますから」

麻美にはばれていた。最近自分の身体の事や近況を報告するためにお墓に行っていたことが。

「じゃ、お父さんお留守番して下さい。夕食の買い物済ませてきますから」

「私が行こうか。安静にしていたほうがいいだろ」

「まだ、気が早すぎますよ」

「そうだな。無理をするなよ。車に気をつけなさい」

「わかりました」

麻美は部屋を出て行った。私もついにお爺ちゃんか。早速、私は聡に電話をした。

「俺と麻里の孫ができるんだよ。すごいだろ」

「お、良かったな。何かすることないか。お祝いは何がいい。いつだ予定日は」

「興奮するな。来年の六月だ」

「そうか、お祝いしなければな。盛大にやってやろうぜ」

「ありがとう。それじゃあな」

聡も喜んでくれた。そして和弘に電話をした。和弘はゴルフのコースに出ていた。

「和弘、何やっているんだ」

「ほれ、お前が電話よこさなければ、うまく入っていたのに。こんな時に電話してくるな」

「こんな時に電話をしなければならない出来事があったから電話したんだ」

「早く、用件を言え。このままではブービーになってしまう」

「俺と麻里に孫ができるんだよ」

「ほんとか」

「ほんとだ。だから電話したんだ。これで、残りのホール成績上がるぞ、きっと」

「ありがとう。男か女か」

「いくら医学が進んでいるからといっても、わかるわけないだろ」

「馬鹿だな、お前は」

「とりあえず、おめでとう。あとで電話するから」

しょうがないやつだ、和弘は。でも本当にうれしい。私と麻里の血の繋がった子が誕生するなんて、夢のようだ。私も落ち着きを取り戻して、お茶を飲みながら新聞を読んでいた。少し時間が過ぎてから麻美が帰ってきた。

「お帰り」

「お父さん、ただいま。今日は盛大にご馳走作ります」

夕方になり、息子の帰りを二人で待ち焦がれていた。

「そう言えば、男の子か、女の子か」

「お父さんはどっちが欲しいですか」

「あいつは、何て言っていたんだ」

「どっちでもいいけど、できれば女の子が欲しいって言っていましたよ」

「そうか、私は男の孫が欲しいが、どちらでもいい。とにかく丈夫で元気な子が生まれてくれれば」

とそこに誰かが尋ねてきた。

「はい、今行きます」

「私が行こう」

「お願いします」

私は玄関に行き、扉をあけた。そこには荷物を持った配達員が立っていた。

「荷物をお届けに参りました。印鑑下さい」

誰からだろうと思いながら、印鑑を押そうと伝票を見たら、聡からだった。二枚目の伝票を見たら和弘からだった。心の中で私はあいつら気が早いと思った。

配達員に印鑑を押した伝票を渡すと、大きな荷物が玄関に置かれた。

「お父さん、何でした」

　麻美が近づいてきた。

「どうしたんですか、この荷物」

「お祝いだって、どうしようもない奴らから」

「お父さん、もう話したのですか」

「ごめん、あまりにもうれしくてつい話してしまったんだ」

「お二人にお礼の電話をあとで入れますよ。まったくお父さんと同じで気が早いんだから」

　そうこうしていると、息子が帰ってきた。

「ただいま、なんだこの大きな荷物は」

「お父さんに聞いてください。ね、お父さん」

　息子は私の顔を見て、

「もしかして、もう解っちゃった」

麻美は首を縦に振った。

「ごめんね、ばれちゃった」

「とりあえず、飯にしようぜ。今日はお祝いだから」

三人で食卓を囲んで、久し振りに家族団欒の時を過ごした。私はその夜、枕元でいつまでこんな幸せが続くのか考えていた。なぜなら、私は身体に異変を感じていたからだ。その夜はなかなか眠りにつけなかった。

そして次の日、麻里のお墓の前に立っていた。

「麻里、お前に孫ができたぞ。俺の孫でもあり、お前の孫だ。来年の六月だそうだ、予定日は。けど、俺はそこまで生きているかわからない気がするよ」

私は、お墓に語りかけて立ち上がった瞬間、目まいがして倒れてしまった。

四　夢の中で

「ご家族の方ですか」

「はい、そうです」

「ちょっとお話があります」

　私を診察してくれた先生に呼ばれたのは、息子と麻美だった。そう、私は麻里のお墓の前で倒れて、救急車で病院に運ばれていた。

「実は、お父さんは心筋梗塞にかかっています。たぶん、本人は自分の身体の異変を感じていたと思います。かなり、病状は悪化しています。このままですと……」

麻美は驚きを隠せなくて、涙ぐんだ。

「簡単に話せば、血液がドロドロの状態で、普通の健康な人よりかなり血液の流れが悪いのです。急ですが検査を明日致します。ご家族の方には話をしておいたほうがいいと思いまして」

息子は驚いていた。まさか親父が病気をわずらっていたなんて。私は、病室のベッドで寝ていた。


「お前どうしたんだ。病気にでもなったのか」

「今度、こっちにこないか」

「麻里の好きなブランドのネックレスだよ。お前に似合うかなと思って」

「嘘でしょう。うれしい、ほんとにくれるの。ありがとう」

「行け、大橋。やっつけろ……」

「かっとばせ　川村……ホームラン。

ホームラン　川村……」

私は、麻里と過ごした時間を夢の中で振り返っていた。

「麻里、どうして俺を置いていくんだよ。どうして」

「何で、何で、麻里」


夢の中で叫んだ時、目が覚めた。

「夢か」

息子と麻美さんが私を見つめていた。

「だいじょうぶですか。お父さん、かなり魘《うな》されていましたけど」

麻美は、私の額の汗を拭いてくれた。

「親父、何で身体が悪いことを話してくれなかったんだよ」

「すまないな。まさかこんなに悪いなんて、私も想像していなかった。何で、病院のベッドなんだ」

「お父さん、お墓で倒れたのですよ。そこに通りかかった方が、救急車を呼んでくれたから今病院にいるのですよ」

私の腕には、点滴のような針が二本刺さっていた。

「これは重症だな。で、先生は何て言っていた」

息子と麻美は顔を見合わせて、

「お酒の飲みすぎと疲れが溜まっていたようで、少し安静にしていれば大丈夫だそうです」

私は、そんなはずがないと感じていた。息子と麻美が顔を見合わせたのをこの目にしていたからだ。

「でも良かった。目が覚めて」

「そんな簡単には死なないよ」

「親父、長生きしてくれよな。麻美のお腹に生まれてくる子がいるのだから。お爺ちゃんになってくれよな」

息子が泣かせるような台詞を言ったので、思わず涙ぐんでしまった。
「少し、また眠るよ」
私は静かに目を閉じながら、孫がこの世に生まれるまでは絶対に生きていよう
と思った。
翌日まで私は寝てしまい、目が覚めた時にはお昼をまわっていた。気分も良く
て、早くこの場所から脱出したいと考えていた。そこに麻美が着替えを持って現
れた。その後ろから聡や和弘やさきが入ってきた。
「とうとう、ダウンしたのか。お前は昔から身体が弱かったからな。大丈夫か」
聡が私をからかった。続けて、和弘も。
「これお見舞い。どうせ、食べれないと思ったから、わざと豪華な果物をたくさ
ん買ってきた」
「もう、大丈夫。ほんと心配したよ」
やさしく声を掛けてくれたのは、さきだった。

「久し振りだな、さき。元気だったか」

「おかげさまで。倒れたって聞いたから、ビックリしたけど顔色が良くて良かった」

「で、麻美ちゃんこいつの病状は何だって」

麻美は、私のほうを見て話をした。

「疲れが原因だそうです」

「仕事もしていないのに、疲れか。もうお前、おしまいだな」

「お前ら、何しに来たんだ。俺を茶化しに来たのか」

「そうだよ。元気そうで安心した。それじゃ帰るとするか。せいぜい、先生の言う事をよく聞いて早く良くなれよ」

付け加えて和弘が、

「看護師さんにセクハラするなよ」

三人はそう言って病室を出て行った。

「お父さん、見送りに行ってきます」

麻美はそう言って一緒に病室を出た。

病室の先にあるエレベーターの前で、突然和弘が口にした。

「麻美ちゃん、病状が悪いだろ」

麻美は驚き、ごまかそうとしていたが、無理だった。

「そうだよ。正直に言ってくれ、麻美ちゃん。お母さんにそっくりだから。嘘をついているのが解るよ、俺達には」

「やはり、叔父様達には解りましたか。お父さん、心筋梗塞で入院しています。あまり永くないようです、先生が入院した日に話をして下さいました。どうすればいいのでしょうか、私は」

「やっぱり。しょうがない奴だな、あいつは」

「そうか、解った。俺達もできる限りここに通うから、麻美ちゃん絶対にあいつに病状を言うなよ。そして、とにかくやさしくしてあげてくれ」

「解りました」

その時、エレベーターが到着した。

「麻美ちゃん、あいつを頼む。何かあったら必ず連絡してくれ。すぐに飛んで駆けつけるから」

そう言い残して、三人は病院をあとにした。麻美は考えながら病室に入ってきた。

「あいつらは、いったいに何しに来やがったんだ」

「お父さんのこと、心配しているのですよ」

「麻美さん、少し、休むよ」

そう私は言って眠りに入った。

私は、麻里との楽しいデートを思い出していた。しかし、そこはプロレス観戦でもなく、野球観戦でもなく、中華を食べている時でもなく、大自然の中を麻里と手を繋いで歩いている姿だった。そう私は、永遠の眠りについていた。時間が経ち、麻美は私の異変に気付いたが、しかし……。

五　EVEN NOW

「もしもし、麻美です」

「どうした、携帯なんかに電話かけてきて。今、自宅にいるよ」

麻美は聡に電話を入れていた。

「お父さんが、お父さんが」

「あいつ、天国に行ってしまったか、そうか、解った。私から和弘のところに電話入れておく。困ったことがあったら電話してきなさい」

麻美は泣きながら、病院を抜け出した。わけもなく走っていた。しかし、気が付けば、自分の母親のお墓に辿り着いていた。

「お母さん、お父さんが。お母さんが大好きだったお父さんが、お母さんのほうへ行ってしまったよ。お母さん、私どうすればいいの」

お墓の前で、麻美は泣きじゃくっていた。

「お父さんをお返しします。お母さんが私の代わりに面倒を見て下さい。よろしくお願いします。最後はお母さんに」

泣きながら、麻美は大空を見上げていた。

病室では、私の息子が語っていた。

「親父、まだ早すぎるだろ。俺、この先どうすればいいんだよ。せめて俺と麻美の子供の顔を見てほしかったよ。遊んでほしかったよ。何でだよ」

息子も泣いていた。

聡は、和弘に亡くなったことを電話をしていた。

「和弘、あいつが麻里の元に旅立ったよ、あいつが。今でも麻里の事が好きなんだよな」

「そうか。これで良かったんだよ。ずっと麻里が亡くなってから苦しんでいたと思うぞ。だから、これでいいんだよ」

「そうだよな。あいつの側には麻里がいなければあいつじゃないよ」

「そうだ。あいつがあいつらしくあるためには麻里が必要だったんだよ。そう思えばいいんだよ。幸せだよ、あいつは」

二人の中で、私と麻里との長い間の出来事が完全に思い出に変わっていった。

「俺達が、あいつの息子夫婦をできるだけ永く見守ってやろうぜ」

「そうだな、親友として託されたあいつと麻里の思いだよな」

「あ、そうさ」

二人は悲しみを背負ってこの先を生きていく。そして最後のお別れの日。麻美のお腹には私が見ることのできなかった孫が宿っている。

棺桶の中に麻美は何かをそっと置いた。それは私が麻里に昔プレゼントしたネックレスだった。

「お父さん、このネックレス覚えていますか。当然、覚えていますよね。

知らないなんて言わないで下さいね。お母さんから事情を聞いて譲り受けた物です。ずっと実は家にしまってありました。まさか自分がかつてお母さんにあげたネックレスが今では自分の家にあったなんて思わなかったでしょう。けれど、このネックレスお父さんに今この場を借りてお返しします。なぜだか解りますか、お父さん。もう一度天国にいる私のお母さんの首に掛けてあげて下さい。私からの最初で最後の親孝行と思って約束して下さい。恥ずかしいからそんなことするわけないだろと言わないで下さいね。天国でお母さんが望んでいると思いますから」

そして、

「いろいろお世話になりました。私達を永遠に遠くから見守って下さい。さようなら」

お葬式が終わり、二人は家に帰ってきた。麻美が締め切った部屋の窓をあけた瞬間、天国で教会の扉が開かれた。
麻美の瞳には、念願のバージンロードを一緒に歩いているお父さんとネックレスを首に掛けたお母さんの姿が映し出されていた。

（完）

LAST　LOVE

無邪気に笑っていた　幼き日の二人
いつしか時代が過ぎ　未来の夢を見る

ずっと気づいていた　お互いの心に
せつない思いを現実が閉じ込めていた

あなたに逢えた運命は
禁じられた恋だと思っていた
ずっと待たせてゴメンネ
あなたを愛している

いろんな出来事が　今胸によみがえる
いつも甘えてばかり　遠くから見つめていたね

すれ違いの足跡を　この先続けるなんて
きっと私達はいつの日か悔やむ時間が来るよ

一番大切な宝物を
永遠に抱きしめたい
これが最初で最後の
あなたへの愛の詩

SPECIAL THANKS

A － BAND

RIE
Kenichi Komi
AYANA
KEIKO

合資会社　ネオセンス

小山 隆広　瀬谷崎武彦　中川 綾　佐藤 学　出口 真利

新潟「last love」実行委員会

浅野 麻美　小原 加代　七田 幸治　坂井 健一　セルフィッシュ　山崎 伊津美
伊藤 大輔　氏原 千幸　近藤 政明　城田 光善　長島 一芳　半田 正次
的場 敦司　的場 裕加　山路 秀樹　祐岡 奈月　金城 美香

PUNPKIN-HED

50－12

寿司割烹『三　松』

36HR

office GTO

この本が完成するまでに出会ったすべての友へ……

そしてこの先出会うすべての友へ……

読者の皆様へ

この作品には、一部差別的な表現が見られますが、作者は差別意識をもってこの作品を書いておりません。その時代をよりリアルに再現するために、あえてこのまま刊行することと致しました。

文芸社

著者プロフィール

高塚 雅裕（たかつか まさひろ）

1973（昭和48）年静岡市清水（旧清水市）に生まれる

LAST LOVE

2005年4月15日　初版第1刷発行

著　者　高塚 雅裕
発行者　瓜谷 綱延
発行所　株式会社文芸社
〒160-0022　東京都新宿区新宿1－10－1
電話　03-5369-3060（編集）
03-5369-2299（販売）

印刷所　神谷印刷株式会社

ISBN4-8355-8789-8